EL JAGUAR Y EL ÁGUILA

THE JAGUAR AND THE EAGLE

BY GRAY CLOUD (MIXTLI)

TRANSLATED BY
SONIA REY-MONTEJO

ILLUSTRATED BY
SHAWN MCCANN

EL JAGUAR Y EL ÁGUILA
THE JAGUAR AND THE EAGLE

Illustrated by Shawn McCann

Translated by Sonia Rey-Montejo

Print ISBN 13: 978-1-63489-125-7
e-book ISBN 13: 978-1-63489-126-4

Library of Congress Catalog Number: 2018903428

Printed in the United States of America
First Printing: 2018
22 21 20 19 18   5 4 3 2 1

Cover and interior design by James Monroe Design, LLC.

Wise Ink, Inc.
837 Glenwood Avenue,
Minneapolis, Minnesota 55405

wiseinkpub.com
To order, visit itascabooks.com or call 1-800-901-3480.
Reseller discounts available.

para tí, porque sin tí
estos cuentos no tienen
voz

to you, for without you
these stories have no
voice

CONTENIDO
CONTENTS

v

INTRODUCCIÓN
INTRODUCTION

Mi abuela no era de las que contaban historias pero sí tenía una imaginación maravillosa. Le venían en dosis pequeñas como cuando miraba por la ventana de un autobús o de un auto en movimiento, o se sentaba y tejía en la sala. Nunca contaba sus historias por completo y las compartía poco a poco, y a medida que los días iban pasando, uno podía escuchar la historia en su totalidad. Cuando la luna brillaba por las noches, mi abuela la miraba como buscando reconocer la imagen de alguien reflejada en su superficie. Ella decía: "pobre, luna errante, siempre buscando historias que contarle al sol." En cada historia simplemente empezaba diciendo: "Imagínate ..." y así yo imaginaba.

Grandmother was not much of a storyteller. She had, however, a wonderful imagination. It came out in small doses as she stared out the window of a bus or moving car, or as she sat and knitted in her living room. Her stories would never come out all at once. She would share a little here and there, and as the days passed, you could hear a story come together. The moon would shine brighter one night, and she would stare at it as if looking for a face to recognize. She would make mention of the "poor, wandering moon, always looking for stories to feed the sun." She would start every snippet of her story by simply saying, "Imagine ..." and so I did.

Vivíamos en una casa que al mismo tiempo se encontraba en el centro y a las afueras del pueblo, a poca distancia del río y cerca de las montañas que rodeaban el valle donde vivíamos. Todo lo que rodeaba a la abuela estaba lleno de vida –los animales, las plantas, los insectos, las nubes, el sol y la luna—y según ella, todos tenían su propia historia. Todos tenían un propósito de existir, y como yo, tenían sueños y deseos, preferencias y desagrados. Al igual que yo, quienes vivían en el valle tenían mucho que aprender. Y como yo, no estaban solos en la inmensidad del mundo.

We lived in a house that was both at the center of town and the edge of town, a short walk from the river and within sight of the mountains that surrounded the valley where we lived. Everything that surrounded grandmother was full of life—the animals, the plants, the insects, the clouds, the sun, and the moon. All of them had their own story to tell according to my grandmother. All of them had a purpose for being; all of them had, like me, dreams and desires, likes and dislikes. Like me, those that lived in the valley had much to learn, and like me, they were not alone in the vastness of this world.

Al reunir las historias de mi abuela en este libro, era importante para mí incluirlas tanto en español como en inglés. Muchos de mi generación fuimos enviados de los Estados Unidos a vivir con parientes en México y por lo tanto ambos idiomas son significativos y ocupan un lugar muy especial en nuestras vidas. Aunque mi abuela me hablaba en español con muchas palabras indígenas esparcidas en sus historias, mi imaginación no tenía lenguaje. Es mi esperanza poder compartir un poco de esta magia y de las lecciones que mi abuela me contaba cuando viajábamos por el campo y que estas historias alimenten tu alma como alimentaron la mía.

In bringing Grandmother's stories together in this book, it was important for me to have these stories in both Spanish and English. So many of my generation were sent from the US to live with extended family in Mexico that both languages are meaningful, and both hold a special place in our lives. Although my grandmother spoke to me in

Spanish, with many indigenous words sprinkled into the stories, my imagination had no language. It is my hope that I can share a little of the magic and lessons that my grandmother told me as we traveled across the countryside, and that these stories feed your soul as they fed mine.

El Jaguar y el Águila
The Jaguar and the Eagle

"Buenas noches," dijo el Jaguar.

"Good night," said Jaguar.

"Buenos días," dijo el Águila.

"Good morning," said Eagle.

Una vez más, el mundo giró.

Once more, the world turned.

El Águila voló hacia el cielo radiante. "Tanta belleza veo en este mundo brillante, tanta vida interminable ante mí. Nunca debería necesitar más que el día para volar y cazar, y el Sol brillante sobre las nubes para guiarme sobre las elevadas montañas; no necesito nada más que el viento sobre mis alas."

Eagle flew into the bright sky. "Such beauty in the brilliant world I see, such never-ending life before me. I should never need but the day to fly and hunt and the shining Sun over the clouds to guide me over the soaring mountains, and I need nothing greater than the wind over my wings."

El Águila se elevó, cazando sobre los campos abiertos y las crecientes montañas, mirando el Sol cruzarse por el enorme cielo y ponerse sobre el horizonte para su descenso final.

1

Eagle soared, hunting over the open fields and rising mountains, watching Sun run across the great sky and settle itself above the horizon for its final descent.

El Jaguar despertó lentamente y observó con paciencia como las montañas engullían al Sol y como el último rayo de luz se reflejaba en el cielo.

Jaguar slowly woke and watched with patience as the mountains ate Sun and the last ray of light streaked across the sky.

"Buenas noches," dijo el Águila.

"Good night," said Eagle.

"Buenos días," dijo el Jaguar.

"Good morning," said Jaguar.

Y una vez más, el mundo giró.

And once more, the world turned.

El Jaguar corrió hacia la oscuridad mientras sus ojos brillaban con la luz de la Luna. "Veo tanta belleza en el mundo oscurecido, tanta interminable abundancia de vida ante mí. Nunca debería necesitar más que la noche para rondar y cazar, y la Luna reluciente en la noche para guiarme sobre la tierra vibrante; no necesito nada más que la oscuridad sobre la jungla."

Jaguar ran out into the darkness as its eyes shone with the light of Moon. "Such beauty in the darkened world I see, such never-ending bounty of life before me. I should never need but the night to prowl and hunt and the glowing Moon across the night to guide me over the pulsing earth, and I need nothing greater than the darkness over the jungle."

El Jaguar acechaba cazando sobre la tierra vibrante y las aguas oscuras, mirando la Luna en el cielo poniéndose sobre el horizonte en su descenso final.

Jaguar prowled, hunting over the pulsing earth and darkened waters, watching Moon cross the sky and settle above the horizon for its final descent.

Tan pronto como la Luna desapareció en la expectante jungla, el Águila despertó lentamente y observó con paciencia, mientras la jungla engullía la Luna y el Sol se reflejaba en el cielo.

As Moon faded into the awaiting jungle, Eagle slowly woke and watched with patience as the jungle ate Moon and Sun streaked across the sky.

"Sólo tengo un deseo," dijo el Águila a la debilitante Luna. "Antes de que la luz deje mi alma, deseo ver la belleza que escondes en tu oscuridad."

"I have only one desire," said Eagle to fading Moon. "Before light leaves my soul, I wish to see the beauty you hide in your darkness."

"Sólo tengo un deseo," dijo el Jaguar al ascendiente Sol. "Antes de que la tierra vibrante deje mi alma, deseo ver la belleza que escondes bajo tu luz."

"I have only one desire," said Jaguar to ascending Sun. "Before the pulsing of the earth leaves my soul, I wish to see the beauty you hide under your light."

El Jaguar oró antes de que el sueño tomara el control de su alma, ofreciendo su vida a la tierra vibrante y dándole gracias por la abundancia de la caza y por el eterno resplandor de la Luna. El Jaguar soñó con los días brillantes en las montañas, cruzando las nubes en el cielo y el alma del Jaguar se conmovió.

Jaguar prayed before sleep took over its soul, offering its life up to the pulsing earth and giving thanks for the abundance of the hunt and for the everlasting shining of Moon. Jaguar dreamed of bright days over the mountains, of soaring among the clouds in the sky, and Jaguar's soul stirred.

El Águila oró antes de que el sueño tomara el control de su alma, ofreciendo su vida al Sol brillante y dándole gracias por la abundancia de la caza y por el eterno resplandor del Sol. El Águila soñó con la tierra vibrante bajo sus pies, con la oscuridad bajo los árboles de la jungla y el alma del Águila se conmovió.

Eagle prayed before sleep took over its soul, offering its life up to brilliant Sun and giving thanks for the abundance of the hunt and for the everlasting shining of Sun. Eagle dreamed of pulsing earth beneath its feet, of darkness under the jungle trees, and Eagle's soul stirred.

Ambos, el Jaguar y el Águila, encontraron en su interior la semilla del otro y en su interior la belleza que buscaban en el mundo. El Sol esconde sólo la Luna bajo su luz, y la oscuridad de la Luna sólo esconde el Sol.

Both Jaguar and Eagle found within them the seed of the other, and within them the beauty they sought from the world. For Sun hides only Moon under its light, and Moon's darkness hides only Sun.

El Mapache y la Serpiente
The Raccoon and the Snake

El Mapache caminó junto a la orilla del río buscando algo para comer. Por primera vez, había dejado a su familia para ir en busca de alimento. Mirando al río, el Mapache podía ver su reflejo mientras buscaba un pescado. La Luna llena hizo que la orilla del río brillara en la oscuridad.

Raccoon walked by the riverbank, looking for something to eat. It had left its family to find food alone for the first time. Looking into the river, Raccoon could see its reflection as it searched for fish. The full moon made the riverbank glow in the darkness.

De repente, el Mapache vio algo en el agua y se abalanzó con sus garras. El Mapache sacó del agua sus garras vacías.

Suddenly, Raccoon saw movement on the water and splashed in with its claws. Raccoon brought its empty claws out of the water.

Cuando el agua se calmó, el Mapache vio otra criatura reflejada en el agua. Era una serpiente enroscada en la rama de un roble.

When the water settled, Raccoon saw another creature reflected in the water. It was a snake coiled in the branch of an oak tree.

"¡AHORA!" dijo la serpiente. "¡Atácalo!"

"NOW!" said the snake. "Reach in now!"

El Mapache estaba asustado y rápidamente huyó en la noche para unirse con su familia. "Debo escapar. Recuerdo las advertencias que mi familia me ha dado. Las serpientes están siempre listas para atacar a cualquier animal con el que se topan. Son el diablo y deben ser evitadas," pensó el Mapache. "Debo seguir explorando, pero trataré de alejarme de la orilla del río donde vive la serpiente."

Raccoon was scared and quickly ran off into the night to rejoin its family. "I must get away. I remember the warnings my family has given me. Snakes are always ready to attack any animal they come across. They are evil and must be avoided," Raccoon said to itself. "I shall keep exploring, but will try to stay away from the riverside where the snake lives."

Una noche oscura, el Mapache estaba en el río buscando pescado para comer. De repente, se escuchó la voz de la serpiente desde el roble. "¡AHORA!" dijo la serpiente. Sin pensarlo, el Mapache sumergió en el agua sus largas garras y sacó un pescado. Él nunca había atrapado un pez y, sorprendido, no pudo evitar que el pez saltara de nuevo al río. El Mapache se quedó quieto. No sabía donde estaba la serpiente o si estaba a punto de atacar.

One dark night, Raccoon found itself by the river looking for fish to eat. Suddenly, the voice of the snake came once again from the oak tree. "NOW!" said Snake. Without thinking, Raccoon reached in the water with its long claws and pulled out a fish. Raccoon had never caught a fish, and, startled, could not keep the fish from jumping back in the river. Raccoon stood still. Raccoon did not know where the snake was or if it was about to strike.

"¿Por qué corriste la otra noche?" preguntó la serpiente. "Te estaba intentando ayudar."

"Why did you run before?" asked Snake. "I was trying to help."

Sin moverse, el Mapache no podía hablar, cerró sus ojos y simplemente intentó respirar.

Motionless, Raccoon was unable to speak; it closed its eyes and simply tried to breathe.

"Puedo ver los peces bajo el agua antes que tú," dijo la serpiente, acercándose al Mapache. "Podemos trabajar juntos. Te ayudaré a atrapar peces si vienes y me visitas a la orilla del río."

"I can see the fish under the water before you can," said Snake, getting closer to the Raccoon. "We can work together. I will help you catch fish if you come and visit me on the riverbank."

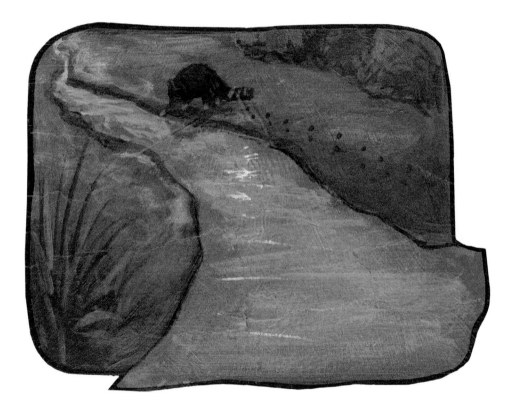

"¿Pero no me atacarás? He escuchado que atacas a cualquier animal que encuentras y que has sido castigada y debes escurrirte por el suelo por tus acciones malvadas," dijo el Mapache.

"But won't you try to attack me? I have heard that you will attack any animal you encounter and that you have been punished to slither along the ground for your evil actions," Raccoon said.

La serpiente se deslizó cerca del Mapache. "¿Por qué te atacaría? Tú no has hecho nada para lastimarme. No has tratado de robar mi comida. Sólo estoy tratando de ayudarte a atrapar peces."

Snake slithered closer to Raccoon. "Why would I attack you? You have done nothing to hurt me. You have not tried to steal my food. I am only trying to help you catch fish."

"¿Por qué te temen las criaturas del valle?" preguntó el Mapache.

"Why do the valley creatures fear you?" asked Raccoon.

"Me temen porque nunca me han hablado. Sólo ataco si me siento amenazada. Me quedo cerca de la tierra para sentir su calor. No tengo brazos ni piernas, no puedo llevarme nada conmigo y sólo como lo que debo para mantenerme viva. Tú eres mucho más grande que yo. No puedo comerte, pero puedo ayudarte."

"They fear me because they have never spoken to me. I only attack if I am threatened. I stay close to the earth to feel its warmth. I do not have arms or legs, so I cannot take anything with me, and I only eat what I must in order to live. You are much larger than me. I cannot eat you, but I can help you."

Finalmente, recuperando su aliento, el Mapache vio a la serpiente a su lado y no había sido atacado. "Te visitaré y me ayudarás a cazar peces. Te contaré sobre los nidos de las aves que encuentre aquí cerca en el caso de que estés hambrienta," dijo el Mapache.

Finally catching its breath, Raccoon saw the snake next to it, and it had not attacked. "I will visit you, and you will help me catch fish. I will tell you about the birds' nests I find nearby in case you are hungry," said Raccoon.

"Te enseñaré a ver los peces," dijo la serpiente.

"I will teach you to see the fish," said Snake.

Una noche, mientras se preparaban para atrapar peces, la serpiente dijo: "¿Qué es una familia?" El Mapache no sabía que la serpiente no tenía familia, que pasaba sus días sola junto al río.

One night, as they prepared to catch fish, Snake said, "What is a family?" Raccoon had not known that Snake had no family, that it spent its days alone by the river.

"Mi familia me protege. Ellos me enseñan qué es correcto y qué debo evitar. Mi familia me alimentaba hasta que yo pude alimentarme solo," dijo el Mapache.

"My family keeps me safe. They teach me what is right and what I must avoid doing. Until I could feed myself, my family provided for me," Raccoon said.

"Yo no tengo familia," dijo la serpiente.

"I do not have a family," Snake said.

"¿Entonces quién te protegía cuando eras joven? ¿Quién te enseñó qué está bien y qué está mal? ¿Quién te alimentaba?" dijo el Mapache.

"Then who kept you safe when you were young? Who taught you what is right and wrong? Who fed you?" Raccoon said.

"Siempre he evitado lo que me puede lastimar. No hago daño a otros a menos que ellos me hagan daño. Muchas veces no entiendo por qué una criatura quiere lastimarme. Me imagino que simplemente no me ven y me pisan sin saberlo. Siempre tomo sólo lo que necesito porque no puedo tomar más."

"I have always avoided what can hurt me. I do not hurt others unless they hurt me. Many times, I do not understand why any creature would wish to hurt me. I imagine they simply do not see me and step on me without knowing. I always take only what I need, for I cannot take more."

"Seremos una familia y nos ayudaremos," dijo el Mapache.

"We will be family, and we will help each other," Raccoon said.

Cada noche, el Mapache y la Serpiente se encontraban y compartían lo que habían aprendido ese día. En noches de Luna llena, el Mapache podía ver su reflejo en la orilla del río, además de la silueta de su amiga la Serpiente enrollada en la rama del roble.

Every night, Raccoon and Snake would meet and share what they had learned that day. On full moons, Raccoon could see its reflection on the riverbank, as well as the bright outline of its friend, Snake, coiled on the oak tree branch.

El Tlacuatzín y La luna
The Opossum and the Moon

El Tlacuatzín sonrió a la Luna. "Gracias por tu compañía en esta noche fría. Mi alma se mantiene cálida por tu luz."

Opossum smiled at Moon. "Thank you for your company in this cold night. My soul is kept warm by your light."

La Luna no respondió y continuó su viaje sin querer parar y retrasar la llegada del Sol.

Moon did not respond and continued on its journey, not wanting to stop and delay the coming of Sun.

El Tlacuatzín miró a la Luna antes de buscar la seguridad de su casa, deseando que hubiera parado un momento para hablar y así poder ver finalmente sus ojos.

Opossum looked out at Moon before seeking the safety of its home, wishing the Moon had stopped for a moment to talk so that Opossum could finally see Moon's eyes.

La Luna no podía detenerse. Tenía que continuar con su misión. Tenía la noche para salvaguardar y el Sol no podía esperar más que la noche para regresar.

Moon could not stop. It had to continue on its mission. It had the night to keep, and Sun could not wait longer than night to return.

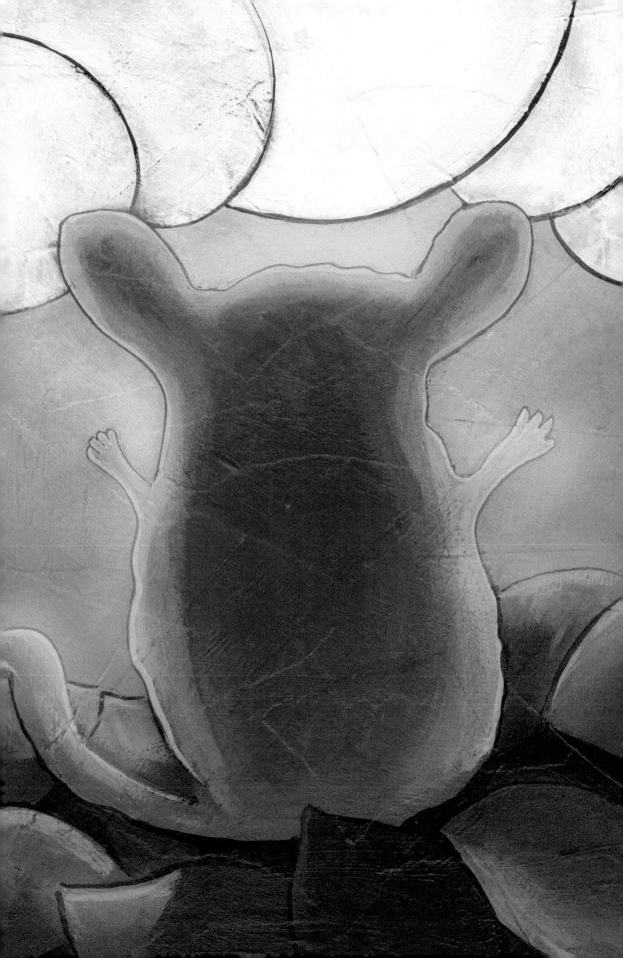

A la noche siguiente, Tlacuatzín exploró el bosque una vez más bajo la luz de la brillante Luna, y mientras Tlacuatzín deambulaba, la miró y vio tristeza en su cara.

The next night, Opossum explored the forest again by the light of shining Moon, and as Opossum roamed, it looked at Moon and saw sadness in its face.

Tlacuatzín preguntó: "¿Luna, por qué tanta tristeza? Tú brillas para todos nosotros en la noche y siempre te doy gracias antes de regresar a la seguridad de mi casa por haberme iluminado la noche y por hacerme compañía durante mis caminatas solitarias."

Opossum asked, "Why such sadness, Moon? You shine for all of us at night, and I thank you always before returning to the safety of my home for having lit the night for me and for giving me company during my lonely walks."

La Luna respondió sin detenerse en su camino: "Yo solo ilumino la noche con mi palidez porque es mi deber. El Sol es lo que todos esperan y piensan en mí sólo de pasada, sólo en la larga espera para que el Sol regrese. Si me retraso en mi viaje, me odiarán cuando la mañana llegue tarde. No tengo opción. Debo continuar mi camino a través del cielo recolectando todas las historias que pueda para compartir con el Sol."

Moon responded, without stopping along its way, "I only come to light the night with my paleness out of duty. Sun is what everyone awaits, and they think of me only in passing, only in the long wait for Sun to return. If I am late on my journey, I will be hated when morning comes late. I have no choice. I must continue my path across the sky, gathering all the stories I can to share with Sun."

Mientras la Luna continuaba su recorrido por el cielo, Tlacuatzín le dijo: "Yo estaré aquí y esperaré tu regreso."

As Moon continued through the sky, Opossum said, "I will be here for you, Moon. I will wait for your return."

Cada noche, la Luna regresaba y cruzaba el cielo con tristeza y deber iluminando el camino para Tlacuatzín. Sin saberlo, la Luna acompañaba el alma de Tlacuatzín en su camino. Tlacuatzín le hablaba cada noche y, cada noche, la Luna lo escuchaba. Los ojos de Tlacuatzín brillaban con la luz de la Luna mientras compartía sus historias y sueños. La Luna caminaba lentamente cada noche para que su tiempo con Tlacuatzín fuera un poco más largo. Cada noche, Tlacuatzín hablaba a la Luna y las noches se hacían más largas.

Every night, Moon returned and crossed the sky with sadness and duty, lighting the path for Opossum. Without knowing, Moon kept Opossum's soul company on its long walk. Opossum talked to Moon every night, and every night Moon would listen to Opossum. Opossum's eyes glowed with the light of Moon as it shared its stories and dreams. Moon would walk slower every night so that its time with Opossum would be a little longer. Every night, Opossum would talk to Moon, and the nights became longer.

Una noche, la Luna se detuvo y habló al Tlacuatzín: "Si pudiera elegir, elegiría quedarme contigo, porque haces sonreír a mi alma. Pero debo seguir mi curso o el Sol se enojará y todos se molestarán conmigo por no dejar que el Sol brille. Pero cada vez que me acerque a ti, reduciré mi paso y tendré más tiempo para escuchar tus historias por el camino, hasta que no pueda iluminar más y tengamos que despedirnos."

One night, Moon stopped and spoke to Opossum, "If I could choose, I would choose to stay with you, because you make my soul smile. But I must keep moving or Sun will be angry and everyone will resent me for keeping Sun from shining. But every time I come close to you, I will slow my pace, and I will have more time to hear your stories along our path, until I can light your path no longer and we must part."

"Estaré aquí," dijo Tlacuatzín, "y mis ojos brillarán con tu luz hasta que el Sol deba regresar otra vez y yo tenga que retirarme a la seguridad de mi hogar."

"I will be here," said Opossum, "and my eyes will shine with your light until Sun must return again and I must retreat to the safety of my home."

La Luna no regresó la próxima noche ni la siguiente y los ojos de Tlacuatzín se entristecieron. Cuando finalmente regresó en la oscuridad, Tlacuatzín le preguntó con miedo: "¿Luna, me has olvidado? ¿Me has dejado aquí para encontrar mi propio camino?"

Moon did not return the following night, or the next, and Opossum's eyes saddened. When Moon finally returned in the darkness, Opossum asked with fear, "Have you forgotten me, Moon? Have you left me here to find my own path?"

"No te he olvidado," dijo la Luna, "y te ayudaré a encontrar tu camino, pero mi camino está a veces más lejos de donde puedo encontrarte, incluso desde el cielo, y debo iluminar el camino para muchos otros por la noche."

"I have not forgotten you," said Moon, "and I will help you find your path, but my path is sometimes far from where I can find you even from the sky, and I must light the path of many others through the night."

"¿Entonces, no eres sólo para mí?" preguntó Tlacuatzín.

"So you are not mine alone, Moon?" asked Opossum.

"Tlacuatzín, no puedo ser sólo para tí ya que mi deber me envía a viajar por el cielo oscuro mientras el Sol duerme y debo alimentar los sueños del Sol con historias de las criaturas de la noche. Debo buscar historias de otros para alimentar al Sol para que duerma más y más y yo pueda iluminar tu camino cada vez más tiempo."

"I cannot be yours alone, Opossum, for I must out of duty travel the darkened sky while Sun sleeps, and I must feed Sun's dreams with stories of the children of the night. I must seek stories from others to feed to Sun so that Sun slumbers more and more and I can shine your path longer every time."

"¿Yo no te doy historias, Luna? ¿Mis historias no alimentan el Sol como las historias de otros?"

"Do I not give you stories, Moon? Do my stories not feed Sun as do the stories of others?"

"Yo me quedo más tiempo contigo, Tlacuatzín, para recolectar tus historias, para sentirlas, pero debo ir en busca de otras en la noche."

"I stay the longest with you, Opossum, to gather your stories, to breathe them in, but I must search for others in the night."

Al entristecerse los ojos de Tlacuatzín, la Luna dijo: "Como ves, Tlacuatzín, yo guardo tus historias porque alimentan mi alma. El resto de las historias las dejo para el Sol porque a mí no me importan."

As Opossum's eyes turned sad, Moon said, "For you see, Opossum, I keep your stories for myself, for they feed my soul. The rest I leave for Sun, for they matter not to me."

Los ojos de Tlacuatzín brillaron una vez más y continuó contándole a la Luna las vidas soñadas y las aventuras vividas. Cuando la noche llegó a su fin, Tlacuatzín se retiró a la seguridad de su hogar una vez más y la Luna regresó a alimentar al hambriento Sol con sus historias cumpliendo con su deber y alimentando su propia alma.

Opossum's eyes shone once more, and Opossum went on to tell Moon the lives it dreamed and adventures it lived. As the night closed, Opossum once again retreated to the safety of its home and Moon returned to feed stories to the hungry Sun, fulfilling Moon's duty while feeding its own soul.

La Golondrina y el Roble
The Swallow and the Oak Tree

El valle se extendía desde las montañas sobre un mar dorado de hierba larga. A medida que los días de la primavera se alargaban, nubes de golondrinas se congregaban en un árbol de roble al borde del valle.

The long valley stretched from the mountains onto a golden sea of long grass. As the spring days grew longer, clouds of swallows would gather on an oak tree at the edge of the valley.

El roble daba la bienvenida a las golondrinas que iban de camino a sus hogares de primavera. Él esperaba pacientemente por su llegada y disfrutaba de su compañía. El roble era silencioso e inmóvil y ofrecía su sombra y cobijo a las aves en su viaje durante el cambio de estaciones.

The oak welcomed the swallows on their way to their spring homes. It waited patiently for their arrival, taking joy in their company. The oak was silent and unmoving, offering its shade and shelter to the birds on their journey as the seasons changed.

Por primera vez en su vida, una pequeña golondrina voló a través del valle acompañada de su bandada y llegó a descansar en una de las ramas del imponente roble. Tratando de recuperar su aliento, se sintió agradecida por la sombra que el roble compartía con sus compañeras. La bandada de golondrinas llenaba la espesura del árbol con cantos de alegría.

A small swallow flew across the valley with the flock for the first time in its young life. It came to rest on a branch of a mighty oak. Catching its breath, it was grateful for the shade the tree shared with the flock. The flock of swallows filled the tree canopy with joyful sounds of chirping.

"¿Roble, te sientes solo en esta colina?" dijo la golondrina.

"Do you feel lonely on this hillside, Oak Tree?" said Swallow.

Al roble nunca le habían hablado directamente. Había estado parado en el mismo lugar durante muchos años, estirando lentamente sus extremidades tratando de alcanzar las nubes. En todo este tiempo, había estado en silencio.

Oak Tree had never been spoken to directly. It had stood in the same place for many years, slowly stretching its limbs to reach the running clouds. In all that time, it had stood silent.

"¿Solo? ¿Cómo puedo sentirme solo? Me visitan viajeros como tú en busca de refugio. Soy feliz en tu compañía," respondió el Roble.

"Lonely? How can I be lonely? I am visited by travelers like you in search of shelter. I am happy in your company," said Oak Tree.

La golondrina podía ver que el roble era fuerte. Su tronco era ancho y sus hojas y ramas eran densas.

Swallow could see that the oak tree was strong. Its trunk was wide, and its leaves and branches were deep.

"Viajo de valle a valle a medida que los días se alargan o se acortan," dijo la golondrina, "pero deseo una vida como la tuya para que mis raíces crezcan tan profundo como las tuyas para dar cobijo a aquellos que lo necesiten."

"I travel from valley to valley as the days grow shorter or longer," said Swallow, "but I long for a life like yours. To grow roots as deep as yours. To provide shelter to those in need."

"He crecido en esta colina de una pequeña bellota en la húmeda tierra. Pude combatir el viento desde que era una rama pequeña en medio de la yerba. Mis raíces son fuertes y profundas. Mi tronco es ancho pero hace tiempo era frágil y delgado. Deseo ver otras colinas y sentir el calor de la tierra en los lugares de los que tú y tantos como tú hablan mientras descansan en mis ramas. Me siento afortunado de escuchar todas las historias que aves como tú comparten conmigo en sus viajes," contestó el roble orgulloso de su vida. "Tu vida se me hace fascinante. Nunca paras de viajar con las estaciones. Debes haber visto maravillas a través de las montañas. Dime, mi pequeña amiga, ¿hay otros como yo a lo ancho de las montañas?"

"I have grown on this hillside from a small acorn in the moist earth. Stood against the wind while I was still a twig amongst the grasses. My roots are strong and deep. My trunk is wide, but it was once thin and frail. I do long to see other hillsides and feel the warmth of the earth in the places that you and so many like you speak of as you rest on my branches. I am grateful for all the stories travelers like you share with me on your journey," said the oak tree, proud of its own journey. "Your life to me is fascinating. You never stop traveling with the seasons. You must have seen wonderful things across the mountains. Tell me, my small friend, are there others like me across the mountains?"

"Este es mi primer vuelo por las montañas hacia mi hogar de primavera," respondió la golondrina. "No he visto ningún árbol como tú en este valle, pero si todavía estás aquí cuando regrese, te contaré si he visto otros como tú en mis viajes." La golondrina estaba muy emocionada de haber encontrado un amigo con quien compartir sus aventuras.

"This is my first flight across the mountains to my spring home," said Swallow. "I have not seen any other tree like you in this valley, but if you are still here upon my return, I will tell you if I have seen any others like you in my travels." The small swallow was excited to have made a friend with whom to share its adventures.

Con la primavera y el verano llegaron las lluvias y los vientos. La golondrina pensó en su amigo el roble, mientras ella y sus pequeños se resguardaban de la lluvia torrencial y de los vientos que llegaban cada año. La golondrina estaba segura. Había encontrado refugio en el mismo nido que sus padres habían construido el año anterior. El nido estaba al interior del portal de una antigua casa en la que los habitantes se alegraban de verlas regresar año tras año.

Spring and summer brought the rains and winds. Swallow thought about its friend Oak Tree as it sheltered itself and its young from the driving rain and winds that came every year. Swallow was safe. It had found shelter in the same nest its parents had built the previous year. The nest was inside the doorway of an old house where the people were happy to see the swallows return year after year.

El roble permaneció erguido en el valle. Los vientos y la lluvia ya no eran tan amenazadores como cuando él era más joven. Ahora era el deber del roble darles cobijo a los animales del valle.

Oak Tree stood tall in the valley. The winds and rain were no longer as threatening as they were when Oak Tree was young. Now it was Oak Tree's job to give shelter to the animals of the valley.

El otoño llegó y los días se hicieron más cortos y la golondrina siguió su migración. El viaje la llevó por las montañas y los valles. Las grandes bandadas de aves se movían como si fueran nubes a través de las montañas. Durante todo este tiempo, la golondrina continuó buscando otros árboles como su amigo el roble, pero todavía no encontraba otro árbol como el que ahora echaba de menos. A medida que el otoño se convertía en el invierno, la golondrina se preguntaba cuándo veía a su amigo de nuevo.

Fall arrived, and the days grew shorter as Swallow continued its migration. Swallow's journey continued through mountains and valleys. The great flocks of birds moved as clouds across the mountains. All the time, it kept looking for others like its friend Oak Tree. Swallow had yet to see another tree like the friend it now missed.

As fall turned into winter, Swallow wondered when it would see its friend again.

Pronto los días se volvieron largos y las golondrinas empezaron su migración de regreso a sus hogares de primavera. La golondrina era ya adulta, con sus propios polluelos y alas bien fuertes. En sus viajes, había buscado robles tan fuertes y majestuosos, como su amigo en el borde del valle, sin encontrar alguno.

Soon the days grew long, and the swallows began their migration to their spring homes. Swallow was now an adult, with children of its own and strong wings. It had searched throughout its travels for oak trees as strong and as beautiful as its friend on the edge of the valley and had found none.

A medida que las bandadas de aves iban acercándose al borde del largo valle, el roble podía oír los cantos de las golondrinas y podía ver las nubes oscuras que formaban al volar. Pronto, la golondrina llegó al roble. Esta vez no necesitó recuperar el aliento cuando el imponente roble le dio la bienvenida.

As the flocks of birds approached the edge of the long valley, Oak Tree could hear the loud chirping of the swallows and could see the dark clouds they formed as they flew. Soon Swallow reached the oak tree. This time it did not need to catch its breath as it was greeted by the mighty tree.

"Me trae mucha felicidad verte otra vez, mi amiga," dijo el poderoso roble a la golondrina. "Has crecido y fortalecido durante el año pasado. Por favor, cuéntame todo lo que has visto."

"It brings me joy to see you again, my friend," said the mighty tree to Swallow. "You have grown strong during this past year. Please tell me all you have seen."

La golondrina se sentía feliz de contarle al roble sobre los paisajes que había observado en su largo viaje. Los enormes árboles, los animales, la gente, las coloridas puestas de sol a lo largo de los lagos majestuosos. Le contó sobre los nidos que había construido en su viaje y sobre sus pequeñines que ahora la seguían en su primera migración. Las jóvenes golondrinas estaban entusiasmadas de ver el gran árbol del que habían escuchado tanto y cantaban mientras daban saltitos de rama en rama.

Swallow was happy to finally tell Oak Tree of all the sights it had seen on its long journey. The large trees, the animals, the people, the colored sunsets along the majestic lakes. Swallow told of the nests it had built along its journey and its young who now followed Swallow on their first migration. The young swallows were eager to see the great tree they had heard so much about. They chirped as they hopped from branch to branch.

La golondrina, sin embargo, tenía malas noticias para su amigo. En su viaje, no había encontrado ni un solo roble. A través de montañas, valles, bosques y praderas no había visto a otro árbol igual a su amigo. Ella estaba triste de regresar con estas noticias.

Swallow, however, had bad news for its friend. In its journey, it had not found a single oak tree. Through mountains and valleys, through forests and prairies, it had not seen another like its friend. Swallow was saddened to bring this news.

El roble no estaba triste al oírla. "Los de mi clase deben estar en otros lugares que todavía no has visitado y hay algo que puedes hacer para asegurarte de que más árboles como yo se extiendan por las montañas y los valles."

Oak Tree was not saddened by this. "My kind may be in other places you have yet to visit, and there is something you can do to make sure more trees like me are spread across the mountains and valleys."

"¡Por favor, dime que puedo hacer!" dijo la golondrina emocionada.

"Please tell me what I can do!" Swallow said excitedly.

"Puedes llevarte mis semillas en tu viaje y las puedes dejar caer donde desees encontrar otros árboles como yo. Cerca de los lagos majestuosos que hayas visto, en las motañas que cruces, cerca de pueblos donde construyas tus nidos, en los valles donde te refugies."

"You can carry my seeds with you on your journey and drop them where you may wish to find others like me. Near the majestic lakes you have seen, in the mountains that you cross, near the villages where you build your nests, in the valleys where you take refuge."

"Haremos todo lo que podamos y llevaremos tus semillas a los lugares más maravillosos en nuestro camino."

"We shall do all we can, and we will carry your seeds to the most wonderful of places in our path."

Al final de la temporada, la golondrina recolectó las pequeñas bellotas que contenían las semillas del imponente árbol. Las llevó consigo mientras volaba a través de las montañas. Y cuando se acercó a un lago majestuoso frente a las montañas, puso una semilla en el lugar donde la puesta de sol era más hermosa. Así, cuando el nuevo roble creciera, se regocijaría en los colores del cielo a medida que el sol fuera tragado por las montañas al terminar cada día.

At the season's end, Swallow gathered the small acorns containing the seed of the mighty tree. It carried the seeds as it flew across the mountains. As Swallow approached the majestic lake across the mountains, it placed the seed in a spot where the sunset was the most beautiful. When the new oak grew, it would rejoice in the colors in the sky as the sun was swallowed by the mountains at each day's close.

Muchos años tendrían que pasar antes de que las bellotas echaran raíces y crecieran. Los hijos de la golondrina y los hijos de sus hijos continuaron compartiendo historias con el roble año tras año. Pronto los valles y las montañas se llenaron de jóvenes robles que estiraban sus ramas hacia las nubes móviles.

Many years would pass before the acorns would take hold and grow. Swallow's children and their children continued to share their stories with Oak Tree every year, and soon the valleys and the mountains were filled with young oak trees stretching their limbs towards the running clouds.

Uno de estos jóvenes robles disfrutaría de los colores de la puesta de sol cada noche frente al lago majestuoso, mientras esperaba la llegada de sus amigas las golondrinas, quienes compartirían sus viajes a medida que los días de la primavera se iban haciendo más largos.

One of those young oak trees would enjoy the colors of the sunset by the majestic lake every evening, as it waited for its friends the swallows to come and share their journeys as the spring days grew long.

Sol y Cuervo
Sun and Raven

"¿Por qué no te quedas un ratito más, Sol? ¿Por qué oscureces el día cuando busco mi comida?" preguntó el Cuervo.

"Why do you not stay longer, Sun? Why must you darken the day as I search for my food?" Raven asked.

"Al contrario de lo que todos creen, yo no controlo el mundo," dijo Sol a Cuervo, mientras sus rayos brillaban en la tierra seca. "Salgo por las montañas para los ojos expectantes que creen que brillo para ellos. La tierra ha aprendido a esperar mi travesía y no debo demorarme."

"Contrary to what everyone believes, I do not control the world," said Sun to Raven, as Sun's rays shone brilliantly on the dry earth. "I rise through the mountains to awaiting eyes that believe I shine for them. The earth has come to expect my journey, and I must not delay."

"Entonces, ¿por qué, esperas que te escuche?" preguntó Cuervo. "Si no estás aquí cuando te necesito, pronto te habrás ido y tus viajes te llevarán lejos de aquí. Todavía tengo que comer y debo continuar buscando alimento."

"Why, then, do you expect me to listen?" asked Raven. "If you are not here for me, then you will be on your way soon, and your journeys may take you far away. Still I must eat, and still I must continue my search for food."

"Yo doy lo que soy," respondió Sol, "y no espero nada a cambio, excepto el esplendor de tus ojos mientras vives bajo mi brillo. La tierra ha crecido con criaturas que se alimentan de sus frutos y entre sí, pero no es mi culpa. Lo que deseo es compartir con ustedes sus vidas, escuchar sus aventuras, ser capaz de soñar como ustedes sueñan. Pero tú ni puedes verme. Cierras tus ojos ante mi presencia."

"I give what I am," said Sun, "and expect nothing in return but the splendor of your eyes as you live under my brilliance. Earth has grown with creatures who feed off its fruits, and off each other, but it has been not my doing. What I wish for is to share in your lives, to listen to your adventures, to be able to dream as you dream. But you cannot even see me. You turn your eyes at my presence."

"Sol, tomo lo que necesito," dijo Cuervo, "ya que en cualquier momento puedes llevártelo todo y me quedaré vagabundeando sobre tierra en busca de comida para alimentar a mis pequeños. No tengo nada para tí. Soy sólo una criatura puesta en esta vida para alimentarme y alimentar a mis hijos. No tengo nada que ofrecerte. Sólo puedes esperar resentimiento por no estar aquí solamente para mí."

"I take as I need," said Raven, "for at any moment you can take it all away, Sun, and I will be left roaming the land in search of food to feed my young. I have nothing for you. I am only a creature placed in this life to feed myself and my children, so I have nothing to offer you. You can expect only resentment for not being here for me alone."

El Sol se enfureció y su fuego quemó las plumas del cuervo volviéndolas de un azul profundo que reflejaba la suavidad de la tierra, pero Cuervo no se movió y guardó su energía hasta que el Sol se desplazó por el cielo y se preparó para ser tragado por las montañas una vez más.

Sun became angry, and its fire singed Raven's feathers, turning them a deep blue that reflected the softness of the earth, but Raven did not move. Raven saved its energy until Sun moved through the sky and prepared to be eaten by the mountains once more.

Cuervo sabía que Sol volvería porque tenía una obligación, y Luna le contaría historias de sueños vividos bajo el Sol y bajo la oscuridad.

Raven knew Sun would return, as Sun was bound by duty, and that Moon would feed it stories of dreams lived under the Sun and under the darkness.

Cuervo alimentó a sus pequeños y los cuidó.

Raven fed its children and watched over them.

Cuervo no vio la generosidad en los rayos del Sol y el Sol no vio la gratitud del Cuervo en su lucha por sobrevivir.

Raven saw no generosity in Sun's rays, and Sun saw no gratitude in Raven's struggles to survive.

Un día, mientras el Sol brillaba sobre la tierra, escuchó al Cuervo hablar a sus pequeños mientras aprendían a alimentarse.

One day as the Sun shone brilliantly on the earth, Sun overheard Raven speak to its young as they learned to feed themselves.

"Siempre miren al Sol," dijo Cuervo. "Él nos mostrará el camino a la abundancia y evitará que el frío se esparza por la tierra. Tomen sólo lo que necesiten, nada más, y respeten a todas las criaturas de la tierra. Siempre deben estar preparados para defenderse, porque, aunque compartimos el calor del Sol con todos los hijos de la tierra, debemos estar siempre listos para defender la ternura que guardamos en nuestros corazones."

"Always look to Sun," said Raven. "It will point the way to plenty and will keep the cold from sweeping through the earth. Take only what you need, no more, and respect all the children of the earth, but be ready to defend yourselves at all times, for although we share the warmth of Sun with all earth's children, we must always be prepared to defend the warmth we save in our hearts."

Al oír estas palabras Sol aminoró la velocidad en su trayectoria y brilló un poco más para los hijos del Cuervo.

Sun slowed its path upon hearing these words and shone a moment more for Raven's young.

Las plumas del Cuervo se mantuvieron azul profundo y la de sus pequeños se tornaron del mismo color para mostrar respeto hacia el Sol. El Cuervo mostró su gratitud y el Sol su generosidad.

Raven's feathers remained the deep blue, and its young's feathers turned such color out of respect for the Sun, for there is gratitude in Raven, as there is generosity in the Sun.

El Canario y el Tepocate[1]
The Canary and the Tadpole

En una esquina del pequeño patio de la abuela, el Tepocate nadaba alegremente en las aguas de su aljibe explorando cada rincón.

In the corner of Grandmother's small courtyard, Tadpole roamed happily through the water of its tank, exploring every corner.

"Eres ingenuo Tepocate," dijo el Canario, "exploras el mismo rincón una y otra vez, y cada vez regresas sin nada."

"Foolish Tadpole, you explore the same corner over and over again, and every time come back with nothing," said Canary.

"¿Por qué estás enojado? Me gusta explorar aún sean los más pequeños rincones en mi mundo. Aunque para tí no representen nada, para mí están llenos de maravillas."

"Why are you angry? I enjoy the exploration of even the smallest corners in my world. Though to you they bring nothing, to me, they are filled with wonder."

"Pero si no tienes piernas o manos para explorar, Tepocate. Sólo tienes ojos, boca y cola. ¿Qué puedes explorar?"

"But you have no legs or hands to explore anything, Tadpole. You are only eyes and mouth and tail. What can you possibly explore?"

---

1. Translator note: Tadpole translates as "renacuajo" in standard Spanish. However, in certain regions of México and Guatemala, the word used is "atepocate" or "tepocate" from the indigenous language náhuatl "*atelpocatl.*"

El Tepocate consideró las palabras del Canario y observó a los que estaban a su alrededor. Él vio que eran todo ojos, boca y cola, y todos nadaban de un lado a otro buscando con sus ojos totalmente abiertos al mundo.

Tadpole considered Canary's words and observed those around him. He saw that they were all eyes, mouth, and tail, all swimming from one end to the other, all searching, their eyes wide open to the world.

"Pero soy libre," dijo el Tepocate, "y tengo mi imaginación para guiarme, mis ojos para ver, mi boca para alimentarme y mi cola para moverme donde desee ir."

"But I am free," said Tadpole, "and I have my imagination to guide me, my eyes to see, my mouth to feed me, and my tail to move me wherever I wish to go."

"Nadas en el mismo aljibe todo el día. ¿Cómo puedes decir que eres libre?" respondió el Canario.

"You roam the same tank all day long. How can you say that you are free?" said Canary.

El Tepocate se entristeció al oír estas noticias. Para el Tepocate, el aljibe era su mundo. ¿Cómo no podía ser libre? ¿No era emocionante vivir cada nuevo momento? ¿No había otros como él nadando jubilosamente en este húmedo y maravilloso lugar, todos felizmente descubriendo cada instante con fascinación?

Tadpole became sad upon hearing this news. To Tadpole, the tank was the entire world. How could Tadpole not be free? Was it not exciting to live every new moment? Were not others like itself roaming gleefully through this wet, wondrous place as well, all joyfully discovering every instant with fascination?

El Tepocate sintió tristeza por el Canario, ya que él no sabía lo que era la emoción. El Canario simplemente se sentaba en su jaula dorada todo el día donde cantaba cuando su corazón lo deseaba. Él pasaba los días mirando con anhelo cómo las nubes se movían a través del cielo. No quería perseguir las nubes y estaba contento cuando lo alimentaban, admiraban y le hablaban con voces suaves.

El Tepocate continuó con su camino y nadaba con entusiamo e ina-gotable energía en el aljibe.

Tadpole felt sadness for Canary, for Canary did not know what excitement was. Canary simply sat all day in a golden cage, where it would sing when its heart desired. Canary spent the days looking longingly at the clouds as they moved across the sky. Canary did not want to chase the clouds. Canary was content with being fed, admired, and spoken to in soft voices. Tadpole continued on its journey and excitedly swam across the tank with boundless energy.

Al llegar la noche, la jaula del Canario era cubierta con una fina tela y un niño miraba fijamente en el aljibe donde el Tepocate nadaba. Él devolvía la mirada maravillado de la vida en los ojos del niño y se preguntaba cómo sería la vida fuera del aljibe.

As night approached, Canary's cage would be covered in a soft cloth, and a child would stare into the tank where Tadpole swam. Tadpole would stare back in wonder of the life in the child's eyes. Tadpole wondered of the world outside the tank.

Cuando la mañana llegaba, el Canario cantaba y demandaba que se le trajera comida, demandaba que el sol brillara y deman-daba que las nubes se desplazaran por el cielo.

When morning would come, Canary sang, demanded food be brought, demanded that Sun would shine, and demanded the clouds run through the sky.

"Eres ingenuo Tepocate y una vez más has malgastado toda una noche nadando alrededor de tu aljibe sin encontrar nada que valga la pena. A mí me han alimentado, el sol brilla sólo para mí y pronto vendrán a mimarme a cambio de una delicada canción."

"Foolish Tadpole, you have once again wasted an entire night swimming around your tank only to find nothing of worth, but I have been fed, and the sun shines for me alone, and soon they will come to coddle me in exchange for a feeble tune."

"Pero no has salido de tu jaula y todavía no has volado por las nubes que observas todo el día," le replicó el Tepocate.

"But you have not left your cage, and you have yet to fly in the clouds you watch all day," Tadpole said.

"Silencio, Tepocate. ¿No puedes ver que mi belleza me ha dado todo esto, todo lo que requiero? Tú no eres más que ojos, boca y cola nadando por ese aljibe del que pronto te tirarán."

"Quiet, Tadpole. Can you not see my beauty has given me all of this, everything I demand? You are nothing more than eyes, mouth, and tail, swimming around that tank from which you will soon be thrown out."

"¿Por qué me iban a tirar?" se preguntaba el Tepocate.

"Why would I be thrown out?" wondered Tadpole.

"Pronto el niño se cansará de ti y de tus ojos saltones, tu boca grandota y tu cola nadadora," el Canario respondió.

"Soon the child will tire of you and your bulbous eyes, your overgrown mouth, and your swinging tail," Canary responded.

Los días pasaron y el Tepocate empezó a notar cambios en otros en el aljibe. Había bultos en sus lisos cuerpos.

Days passed and Tadpole began to notice changes to others in the tank. There were bumps in their sleek bodies.

El Tepocate se preguntaba en voz alta, "¿Estoy también cambiando?"

Tadpole wondered out loud, "Am I changing as well?"

"Sí, tú también," le respondió el Canario, "y ahora vendrá el momento en el que el niño te tirará a ti y a tus amigos de ese absurdo aljibe. Te dije que esto pasaría. Te has vuelto muy feo para quedarte a mi lado y deben deshacerse de ti."

"Yes, you are," responded Canary, "and now will come the time when the child will throw you out, you and all your friends in that silly tank. I told you this would happen. You have become too ugly to remain around me, and you must be thrown out."

Una mañana, el niño llevó el pequeño aljibe hacia el río. Tras una última mirada, el niño virtió todo el contenido del aljibe en el agua y observó con entusiasmo como las criaturas se retorcían y saltaban hacia la libertad.

One morning, the child carried the small water tank toward the river. After one last gaze, the child spilled everything in the tank into the water and watched with excitement as creatures writhed and jumped to freedom.

El Tepocate permaneció en el aljibe y trató de quedarse en su interior atemorizado. Tenía miedo porque lo iban a tirar. Las manos pequeñas del niño tomaron al Tepocate y gentilmente le susurró, "Ahora es tu turno, amigo mío—tu turno de explorar el universo con tus nuevas patas." Al decirle esto, el niño gentilmente colocó al Tepocate al borde del agua y éste sintió sus extremidades por primera vez. ¡El Tepocate saltó! Saltó tan lejos como pudo, ya no estaba limitado por el agua o las orillas de su aljibe.

Tadpole remained in the tank and held on in fear. He was afraid of being thrown out. The small child's hands took hold of Tadpole and gently whispered, "It is your turn now, my friend—your turn to explore the universe with your new legs." Upon saying this, the child gently placed Tadpole at the edge of the water, and Tadpole felt its limbs for the first time. Tadpole jumped! Tadpole jumped as far as it could, no longer bound by water or the edges of its tank.

Días más tarde, la mañana halló al Carnario una vez más. El Canario dijo: "Que afortunado soy por ser admirado y alimentado, mientras el ingenuo Tepocate ha sido deshechado como basura a morir con otros como él."

Days later, morning found Canary once again. Canary said, "How lucky I am indeed, to be admired and fed, while foolish Tadpole has been thrown out like trash to die with others like it."

En ese instante, una criatura, ya no un pequeño Tepocate inde-fenso, se preguntaba mientras el sol de la mañana calentaba su piel: "Pobrecito, lindo Canario, todavía limitado cada día por su jaula, destinado a mirar las nubes desplazándose por el cielo, creyendo

que el sol brilla sólo para él y todavía sin poder ver que está enjaulado no por alambre, sino por sus propios miedos."

At the same moment, a creature, no longer a small helpless tadpole, wondered aloud as the morning sun warmed its skin. "Poor, beautiful Canary, still bound to its cage every day, destined to watch the clouds run the sky, believing the sun shines for it alone, still unable to see that it is caged not by wire, but by its own fears."

La Carpa y el Lirio
The Carp and the Hyacinth

"Buenas noches, Lirio," dijo La Carpa. "Ojalá la noche te cubra de maravillosa oscuridad." El río creció. La Carpa reclinó su cabeza hacia el fondo del río y permaneció inmóvil en la oscuridad.

"Good night, Hyacinth," said Carp. "May your night be covered in wonderful darkness." The river swelled. Carp lowered its head into the bottom of the river and lay motionless in the dark.

La Carpa se movió lentamente junto a las raíces del Lirio. Las criaturas que vivían allí proveían alimento para la Carpa mientras la corriente del río fluía desde las montañas majestuosas al mar en espera.

Carp moved slowly along the roots of Hyacinth. The creatures that lived there provided nourishment for Carp as the current of the river flowed from the majestic mountains to the awaiting sea.

A la mañana siguiente, el Lirio dijo: "Buenos días, Carpa. Espero que tu día esté cubierto de maravillosa luz." El cielo estaba lleno de colores que bailaban a la orilla del agua. Los colores confortaban a la Carpa y le dejaban saber que el sol estaba brillando. Con el sol, la vida, como el río, continuaba fluyendo.

The next morning, Hyacinth said, "Good morning, Carp. May your day be covered with wonderful light." The skies filled with colors that danced at the water's edge. The colors comforted Carp and let him know that the sun was shining. With the sun, life, as the river, would continue to flow.

El Lirio nunca vio a la Carpa. Sus ojos estaban fijos en el cielo mirando cómo pasaban las nubes y cómo brillaba el sol. El Lirio no podía ver los colores que bailaban a la orilla del agua. Nunca vio las criaturas que vivían en sus raíces pero sentía a la Carpa nadando debajo de él. El Lirio estaba agradecido por la compañía de la Carpa.

Hyacinth never saw Carp. Its eyes were fixed on the sky, watching the running clouds and the brilliant sun. Hyacinth could not see the colors that danced the edge of the water. It never saw the creatures living in its roots, but it felt Carp swimming below. Hyacinth was thankful for Carp's company.

La Carpa nunca vio las flores creciendo desde el Lirio hacia el cielo pero estaba agradecida por la vida que le proveía y por la suave sensación de sus raíces en el agua fría. La Carpa podía no ver al Lirio pero sabía que su amigo estaría feliz siempre y cuando el río fluyera.

Carp never saw the flowers rising from Hyacinth towards the sky, but Carp was thankful for the life it provided and for the soft feel of its roots in the cold water. Carp could not see Hyacinth but knew its friend would be happy as long as the river flowed.

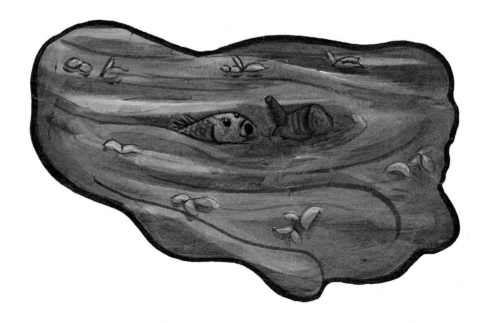

Un día, el río fluyó con fuerza mientras la lluvia caía. La Carpa no pudo agarrarse a las raíces del Lirio y fue arrastrada junto con la corriente. La Carpa se esforzó por respirar entre las raíces desconocidas y las criaturas que se precipitaban por el agua. Las aguas se volvieron oscuras y el sol no brillaba. La luces danzantes fueron substituidas por rayos que cegaban a la Carpa y muchas veces la atemorizaban e impedían moverse.

The river flowed with force one day as the rain fell. Carp could not hold on to Hyacinth's roots and was swept along the current. Carp struggled to breathe among the unknown roots and creatures that tumbled through the water. The waters turned dark and the sun would not shine. The dancing lights were replaced by lightning, which blinded Carp and many times left it afraid to move.

El Lirio se agarró a las raíces de otros como él en la superfcie del agua. La unión hacía la fuerza contra el flujo de la corriente.

Hyacinth clung to the roots of others like itself on the water's surface. There was strength in numbers against the flowing current.

Después de la tormenta, la corriente redujo velocidad y el río vólvio a su flujo normal. El Lirio ya no sentía el suave nadar de la Carpa junto a sus raíces. "Buenos días," dijo el Lirio, pero no había nadie ni para contarle cómo la luz danzaba a la orilla del agua ni para desearle unas buenas noches cuando el sol se ocultaba tras las montañas.

After the storm, the current slowed and the river returned to its normal flow. Hyacinth no longer felt the soft swimming of Carp along its roots. "Good morning," said Hyacinth, but there was no one to tell it how the light danced on the water's edge and no one to wish a good night when the sun hid behind the mountains.

Después de muchos días, la Carpa finalmente escuchó al Lirio decir: "Buenos días, que tu día esté cubierto de maravillosa luz," y esto alegró el alma de la Carpa y pudo una vez más ver la luz danzando a la orilla del agua.

After many days, Carp finally heard Hyacinth say, "Good morning. May your day be covered in wonderful light," and this gladdened Carp's soul. Carp could once again see the light dance at the water's edge.

Pronto el Lirio brotó y sus flores dieron a luz a muchos otros como él que poblaron el río, todos alzándose hacia el cielo, todos agradecidos por el fluir del río y las caricias de la Carpa al nadar junto a sus raíces.

Soon Hyacinth thrived, and its flowers gave birth to many others like it that filled the river, all reaching towards the sky, all grateful for the flow of the river and the feel of Carp swimming among their roots.

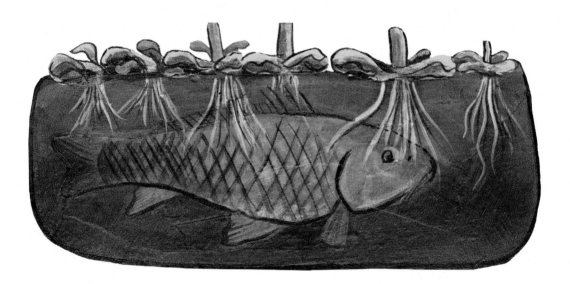

El Tlacuatzín y el Niño
The Opossum and the Child

"Un Tlacuatzín siempre me hace compañia por la noche," dijo el niño mientras su mamá lo ponía a dormir.

"An opossum always keeps me company at night," said the child as he was put to bed by his mother.

"Entonces no tienes nada de que preocuparte, mi niño, ya que Tlacuatzín te protegerá mientras duermes."

"Then you have nothing to worry about, my child, for the opossum will watch you as you sleep."

La luna cubría el valle con una luz tenue que reflejaba en el río. El niño se acercó a la ventana para asegurarse de que Tlacuatzín todavía estaba allí. Cada noche, después de que la madre besaba a su niño al desearle buenas noches, el niño se acercaba a la ventana. "Tlacuatzín, ¿dónde estás?" preguntaba él. No había respuesta. Los ojos del Tlacuatzín brillaban con las estrellas mientras vigilaba al niño.

The moon covered the valley in a soft light that reflected on the river. The child approached the window to make sure the opossum was still there. Every night, after the child's mother kissed him goodnight, the child would approach the window. "Opossum, are you there?" he would ask. There would be no response. Opossum's eyes shone with stars as it watched the child.

Una noche llegó cuando la luna ya no estaba en el cielo. El niño estaba en su cama llorando. Nadie le había dado las buenas noches con un beso.

A night came when the moon was no longer in the sky. The child was in his bed crying. Nobody had kissed him goodnight.

El Tlacuatzín llamó al niño: "¿Por qué lloras?"

Opossum called out to the child, "Why do you cry?"

"Mi mamá ya no está conmigo. Se ha ido lejos para trabajar y no la veré por mucho tiempo. Me siento solo en esta noche oscura," dijo el niño con lágrimas en sus ojos al acercarse a la ventana.

"My mother is no longer with me. She has gone far away to work, and I will not see her for a long time. I feel lonely in this dark night," said the child with tears in his eyes as he approached the window.

Los ojos del Tlacuatzín también se llenaron de lágrimas. "Yo también estoy solo esta noche," dijo Tlacuatzín en voz baja. "La luna me ha dejado y no tengo a nadie con quien compartir mis historias. La Luna debe continuar su viaje y alimentar al Sol, pero volverá."

Opossum's eyes were also full of tears. "I am also alone this night," said Opossum in its small voice. "Moon has left me and I have no one with whom to share my stories. Moon must continue its journey and feed Sun, but it will return."

"¿Cómo sabes que la Luna volverá?" preguntó el niño.

"How do you know Moon will return?" asked the child.

"Porque la Luna me lo ha dicho y ella nunca me ha mentido, y tu madre también regresará y podrás compartir con ella todo lo que ha pasado cuando estaba lejos. Esto alimentará a tu madre cuando esté lejos de ti."

"Because Moon has told me this, and Moon has never lied to me, and so your mother will also return and you can share with her all that has happened when she was away. This will feed your mother when she is far from you."

"¿Pero qué debo hacer hasta entonces? Las noches son tan oscuras y no hay nadie que me dé un beso de buenas noches," dijo el niño.

"But what shall I do until then? The nights are so dark, and there is nobody to kiss me goodnight," said the child.

"Yo estaré aquí cada noche para hacerte compañía y juntos podremos compartir nuestras historias hasta que la Luna brille una vez más en el valle y tu madre, una vez más, regrese para darte un beso antes de dormir. No estaremos solos."

"I will be here every night to keep you company, and together we shall share our stories until Moon once again shines on the valley and your mother once again returns to kiss you to sleep. We will not be alone."

Cada noche el niño buscaba al Tlacuatzín junto a la ventana y cada noche los ojos del Tlacuatzín brillaban con las estrellas y ambos compartían sus historias.

Every night the child searched for Opossum by the window, and every night Opossum's eyes shone with the stars, and both shared their stories.

Una noche, Tlacuatzín llegó a la ventana del niño y lo encontró en los brazos de su madre, compartiendo con ella todo lo que había pasado durante su ausencia.

53

One night, Opossum arrived at the child's window and found him in his mother's arms, sharing with her all that had happened when she was away.

"Ahí está, madre. ¡El Tlacuatzín, mira!" pero él desapareció silenciosamente.

"There it is, Mother. The opossum, look!" But Opossum quietly disappeared.

"Buenas noches, hijo mío," dijo la madre del niño.

"Goodnight, my child," the child's mother said.

"Buenas noches, madre."

"Goodnight, Mother."

La siguiente noche, el valle estaba iluminado y la Luna sonreía al escuchar a Tlacuatzín hablar con su amigo, el niño.

The following night, the valley was illuminated with light, and Moon smiled as it listened to Opossum talk with its child friend.

"Ya no me preocupa que mi madre no regrese," dijo el niño.

"I no longer worry that my mother will not return," said the child.

"Ya no me preocupa que la Luna no vuelva," dijo Tlacuatzín.

"I never worry that Moon shall not come back," said Opossum.

La madre del niño iba y venía, tal y como la Luna seguía su camino a través del cielo en la noche; hasta que un día, la madre del niño no se volvió a marchar.

The child's mother came and went as the moon followed its path across the night sky, until one day when the child's mother left no more.

"No he visto al Tlacuatzín en muchos años, sin embargo sé que está en el valle," dijo el niño. "Tlacuatzín, Tlacuatzín, ¿estás ahí?"

"I have not seen Opossum in many years now, yet I know he is out there in the valley," said the child. "Opossum, Opossum, are you there?"

"Aquí estoy. Nunca te he dejado. Te he visto crecer todo este tiempo y sé que ahora debes marcharte. ¿Volverás?" Tlacuatzín estaba contento de hablar con el niño de nuevo, el niño quien ahora era un muchacho.

"I am here. I have never left you. I have seen you grow all this time, and I know you must now leave. Will you return?" Opossum was glad to speak to the child again, the child who was now a grown young man.

"Volveré y compartiré contigo todo lo que vea más allá del valle."

"I will return, and I will share with you all that I see beyond the valley."

"Te esperaré y mis hijos esperarán para escuchar tus historias cuando regreses." El niño entonces vio no sólo un Tlacuatzín, sino muchos pequeños ojos mirándolo como las estrellas en una noche oscura. Él supo entonces que ciertamente regresaría ya que las criaturas del valle estarían esperando."

"I will wait for you, and my children will wait to hear your stories when you return." The child then saw not just one opossum, but many tiny eyes looking at him like stars in the night sky. He knew then that he would indeed return, for the creatures of the valley would be waiting.

El Canario y la Abuela
The Canary and the Grandmother

El Canario pió con fuerza al sentir acercarse a la abuela a la jaula dorada en la esquina de su pequeño patio. La abuela había cubierto la jaula la noche anterior para proteger al Canario del aire frío de la noche. El patio brillaba con el sol de la mañana mientras ella saludaba al Canario.

Canary chirped loudly as Grandmother approached the golden cage in the corner of her small courtyard. Grandmother had covered the cage the night before to protect Canary from the cold night air. The small courtyard was shining with the morning sun as she greeted Canary.

"¿Dónde está mi comida hoy? ¿No merezco la mejor semilla para comer?" El Canario piaba sus demandas.

"Where is my food today? Do I not deserve the best seed to eat?" Canary chirped his demands.

"¿No te he traído la mejor semilla que puedo comprar? ¿No te he limpiado la jaula y colocado agua fresca para beber? Canta una alegre canción para mí, Canario."

"Have I not brought you the best seed I can buy? Have I not cleaned your cage and placed new water for you to drink? Sing a happy song for me, Canary."

"Ojalá pudiera salir de esta jaula y volar a través de las montañas. Ojalá pudiera alcanzar las nubes y seguir al sol. Esta jaula me mantiene aquí para cantar sólo para ti."

"I wish to leave this cage and soar across the mountains. I wish to reach the clouds and follow the sun. This cage keeps me here to sing to only you."

"Canario, yo no te retengo aquí. La puerta de tu jaula está siempre abierta y puedes seguir el sol como deseas." La abuela nunca había cerrado la jaula del Canario.

"I do not keep you here, Canary. Your cage door is always open, and you may follow the sun as you wish." Grandmother had never closed Canary's cage.

"Yo quiero ser libre como los tepocates en el río."

"I want to be free like the tadpoles in the river."

"Hay animales que gustosamente te usarían como alimento. ¿Cómo puedes sobrevivir siendo tan pequeño y nunca haber dejado tu jaula? Aquí tienes toda la semilla que deseas, tu agua limpia y tu jaula dorada brilla en la luz." La abuela sabía que el Canario se sentía amarrado a su jaula.

"There are animals that will gladly use you as nourishment. How can you survive being so small and never having left your cage? You have all the seed you wish here, your water is clean, and your golden cage sparkles in the light." Grandmother knew Canary felt tied to its cage.

"Tengo miedo. Anhelo la libertad que nunca he tenido, pero gozo de las comodidades que tú me traes. La calidez de la noche sin depredadores, la calma de observarte tejiendo en tu silla. Estoy aquí contigo por mi propia elección."

"I am afraid. I long for the freedom I have never felt, but I enjoy the comforts you bring me. The warmth of a night without predators, the calmness of watching you knit in your chair. I am here with you by choice."

"Entonces, canta mi pequeño amigo. Canta porque el mundo te ha traído a mí vida y yo te protegeré de todo lo que pueda herirte. Siempre recuerda que el mundo es tuyo si lo quieres, pero debes tener el valor de vivir solo para abandonar tu jaula, porque yo no puedo seguirte en el viento y no puedo protegerte de todo lo que te aguarda afuera."

"Then sing, my small friend. Sing because the world has brought you to me, and I will protect you from all that can hurt you. Always remember the world is yours to take, but you must have the courage to live alone in order to leave your cage, because I cannot follow you into the wind, and cannot protect you from all that is out there waiting."

El Canario entonces cantó sobre las montañas que nunca había sentido, sobre el sol que no podía seguir y sobre los tepocates que vinieron y se fueron por el río. El Canario cantó por todas esas cosas que no podía hacer porque quería vivir cómodamente en su jaula.

Canary then sang about the mountains it had never felt, about the sun it could not follow, and about the tadpoles that came and went from the river. Canary sang of all those things it could not do because it wanted to live comfortably in its cage.